EPITHALAME

SVR L'HEVREVSE ALLIANCE DE TRES-
Illuſtre Prince, Meſſire Charles de Lorraine Duc d'Elbeuf , Pair de France ,

Et de tres-Illuſtre Princeſſe Dame Catherine Henriette de France .

A PARIS,

Chez Guillaume Ciſterne, ruë Tixerranderie , proche la Macque,
1619.

A TRES-ILLVSTRE

*Prince Meßire Charles de Lorraine,
Duc d'Elbeuf, Pair de France, Comte
d'Harcour, &c.*

ONSEIGNEVR,
C'est soubs vostre faueur,
que ce Poëme oze parroi-
stre au iour, si vous luy faites
l'hôneur de le voir de bon œil, il se promet assez d'aduantage. Cet enfant de la
Muse poussé du seul desir de vous com-
plaire, hazarde son courage entre les
flots d'vne mer enuieuse, dont l'orage
le peut submerger, si vous ne luy seruez
de Phare & de conduitte. Le bruict de
vostre heureux mariage luy a donné
subiect d'esleuer sa voix auparauant
muette pour en chanter l'accomplisse-

ment. En ce deſſein veritablement
haut, il à receu la parole de vous comme d'vn Soleil naiſſant au prime aſpeƈt
de voſtre lumiere. Ainſi le Coloſſe de
Seſoſtris s'animoit aux rayós premiers
du Soleil leuant; Ainſi l'arbre Indien
touché de la lueur de l'eſtoile du iour,
rendoit vne voix reſonnante, qui luy
dōna le nom de l'arbre du Soleil, pource qu'il ſembloit annoncer ſa venuë.
Ainſi (mon Prince) voſtre orient qui
commence à poindre, par ſa ſplendeur
eſchauffe mon tronc, l'anime & le faiƈt
reſonner vn chant qui annonce voſtre
venuë, ou voſtre entrée dans la douce
vnion d'vn ſouhaitté mariage, pour le-
quel effeƈt à l'exemple de cet arbre du
Soleil, ie m'attribueray le nom de chá-
tre de vos merites, ioinƈt à la qualité de

Voſtre tres-humble tres-affectionné, &
tres-fidele ſeruiteur, PELLETIER.

EPITHALAME.

'ENTENDS par l'air vne
voix qui resonne,
Dont le haut son tout Paris
enuironne,
Le flot Seynois de l'vn à
l'autre bord
Le nom d'Hymen espand au gré du Nort.
Le bleu Triton, homme & poisson ensemble,
De son flageol les Naiades assemble,
L'vne d'vn lut qu'elle accorde à sa voix
Par le subtil remuëment de ses doigts,
En s'esleuant pousse vne chansonnette,
L'autre la suit auec vne espinette,
Qui d'vn tuorbe, & qui d'vn clauessin
Ceste brigade entiere en ce dessein
Faict retentir sur les riues de Seyne
Le sainct Hymen de CHARLES de LOR-
RAINE.

Vers l'Orient ie vois le ciel ouuert,
Les Dieux d'enhaut ont ouy ce concert,
Et Iupiter le plus grand de la bande
Tout curieux aux celestes demande :
Quel est le chant qui s'espand dans les airs,
Au nom de qui se recitent ces airs,
A quel suiect se faict ceste allegresse ?
Et volontaire au premier il s'addresse :
Mande Mercure aux Tallonniers aurains
Ambassadeur entre les Souuerains :
Quand tout soudain Mars le heaume en teste
Qui seul sçauoit le suiect de la feste
Pour ne tenir plus l'Olympe en suspend,
Faict ce discours à Iupin qui l'entend.
Ta Maiesté le ciel eut en partage,
La terre fut de LOVYS l'heritage,
Quoy qu'il en soit malgré ses ennemis
Tout l'Vniuers nous luy auons promis.
Dedans sa Cour florit vn ieune Prince
Qui de vertus illustre la prouince,
CHARLES issu de l'estoc des Lorrains,
Tige cogneu mesme aux lieux sous-terrains.

De sa valeur pour digne recompense
Le Roy luy dõne HENRIETTE de FRANCE,
Belle de corps admirable en esprit
Dont la vertu ce ieune Duc eprit,
Deslors qu'à peine yssu de son enfance
Il eut du Louure acquis la cognoissance.
Depuis ce temps son amour fomenté
De mille vœus s'est tousiours augmenté :
En ce qu'il dict, ce qu'il faict, ce qu'il oze
Tousiours l'honneur de sa Dame il propose:
S'il est au bal à dancer il se plaist
Pource qu'il voit que sa Maistresse y est.
S'il veut parler d'amour, de courtoisie,
Tousiours disert sa parole est choisie,
Il ne faict rien que pour plaire à ses yeux
Tout autre obiect il repute ennuyeux.
I'ay veu depuis ce Duc dans les armees
Dompter vainqueur les trouppes animees,
Bouleuerser de ses moindres efforts
Des ennemis les escadrons plus forts :
Et de retour l'honneur de sa prouesse
Attribuer à sa chere Princesse
A CATHERINE HENRIETTE, l'honneur

Des Vandomois, d'vn grand Roy fille &
   Sœur,
Ainsi vainqueur sa victoire il luy cede
Entierement son cœur elle possede.
A son amour aucun n'a resisté
Ie l'ay tousiours en personne assisté,
Guidé ses pas conduy son entreprise
Ceste alliance aussi ie fauorise.
Mais vous mon pere ordõnez dans les cieux
Que l'on nous verse vn vin delicieux ,
Que le Nectar on boiue à tasse pleine,
Que tous les Dieux descendent en la plaine,
Ie veux au bal parroistre bon danseur,
Comme iadis quand i'accorday ma sœur
Au grand Hercule, où d'vn tour palêstrique
Mercure & moy dansasmes la Pyrrhyque.
Mars tout ioyeux sa voix arreste icy,
Et Iupiter prend la parolle ainsi.
Ie m'esiouis de si belle alliance,
Ce couple ioinct est vn bon heur en France:
CHARLES naissant i'aymay d'affection
Ie l'ay pris ieune en ma protection,
Il m'en souuient, lors qu'il perdit son pere

Commis au soin d'vne prudente mere
Qui son esprit propre aux armes trouua,
Et dans la Cour de L o v y s l'esleua.
Ie le benis, & son espouse ensemble.
Mars tout foudain, que les dieux on asseble,
Que Mercure aille à V enus annoncer,
Qu'il faut au bal de ce Prince danser,
Que Iunon vienne, à l'egard de Minerue,
Qu'en cet Hymen Pronube on la reserue.
Quand à Phœbus qu'on le fasse apprester,
Pour l'Hyménce aupres du lict chanter.
Iupin eust dict, & la trouppe sacree
En vn moment se trouua preparee,
Lors que du Dieu la voix elle entendit
Qui sur son aigle en terre descendit.
Mars le suiuit par la sente tracee,
Mercure y vint auec son caducee,
Ayant premier à V enus faict sçauoir
Que dans le bal Iupin la vouloit voir.
Elle aussi tost des pompes amoureuse
Et d'assister aux danses desireuse
Mande son char qui luy est preparé
Par Cygnes blancs, & colombes tiré.

A

Venus ainſi volante par la playne
Les Cupidons & les graces ameyne.
Iunon ſe plaiſt en ſes accouſtremens,
Elle ſe pare auec maints diamants.
Puis ſur ſon Pan ſuberbe elle s'aduance
Auec deſir de paroiſtre en la danſe.
Minerue auſſi faict ſa lance apporter
Pour la Princeſſe en la ſalle aſſiſter.
Phœbus y vient mais derriere il s'amuſe,
Et ruminant il appelle ſa muſe,
Morne & penſif ſon eſprit eſt diuers,
De l'Hyménee il compoſe les vers.
Il eſtoit nuict, la Lune eſtoit leuee,
Lors que des Dieux la bande eſt arriuee.
A ſon abord tout le monde eſtonné,
D'vne lueur ſe voit enuironné:
Toute la ſalle eſt pleine de lumiere,
Dont la clairté ſe produit ſans matiere.
Comme en plein iour le Soleil ſe faict voir
Quand vn nuage eſt paſſé ſans pleuuoir,
Que deſcouuert ſes rayons il deſerre,
Chaſſant à coup les ombres de la terre:
Ainſi des Dieux la clairté s'apperçoit

Dedans la salle où le bransle on dançoit.
Iupin entré sa Maiesté saluë,
Puis sur le Duc il arreste sa veuë,
A bras ouuerts son chef il embrassa
Et son espouse en la bouche baisa.
Les autres Dieux firent à son exemple,
De tous costez ce mystere on contemple :
Chacun s'assiet, le bransle se finit,
Le seruiteur à sa Dame s'vnit,
Les violons sonnent vne courante,
Mars le premier à Venus se presente,
Et iusqu' au bout de ce lieu la conduit :
Leger il part, & Cythere le suit.
Apres ces deux tous les autres danserent,
Les amoureux leur maistresses menerent :
L'vn la courante, & l'autre les cinq pas,
L'vn cabriolle, & l'autre va par bas,
A regarder tout le monde s'arreste.
Mais cependant en la chambre on appreste
Le lict nopcier, où la chaste Philis
Doit reposer entre les fleurs de Lys:
Minerue alors prend en main la Princesse,
Et doucement la tire de la presse,

A ij

Dedans la chambre elle l'a faict entrer,
Et de ces mots vse pour l'asseurer.
Ma fille allons, il vous faut au lict mettre,
Et ce beau Prince entre vos bras admettre.
Ioyeux il vient aupres de vous coucher,
Ne feignez point de vous en approcher,
Il faut quitter toute honte de fille,
Permettez moy que ie vous deshabille.
Incontinent que la Dèesse eut dict,
Sur l'escalier le Duc on entendit :
En peu de temps l'espouse est destachee,
Et dans le lict en chemise couchee.
Long temps apres l'espoux ne reste pas,
Epris d'amour il saulte entre ses bras,
Là son amour, à l'amour il hommage.
Il prend le fruict de son libre seruage.
Le blond Phœbus qui la terre embellit
Tenant sa Lyre estoit au pied du lict.
A son accord chacun preste silence,
Puis de la sorte à chanter il commence.

STROPHE.

Vluez en paix couple heureux
Dans les plaisirs amoureux

D'vn legitime Hyménee,
De milles embraſſemens,
De milles contentemens
La faueur vous ſoit donnee.
Puiſſe bien toſt vn enfant
Voſtre couche nous produire,
Qui quelque iour triomphant
Par le Roy ſe faſſe eſlire
Pour conduire les François
Contre les peuples Turquois.
Voſtre amour ſoit perdurable
Malgré Saturne & ſes ans,
Et les deſtins palliſſans
De la parque inexorable,
Vnis de cœur & de foy
Soubs vne amoureuſe loy.
Viens porte-fleur Hyménee
Auec la torche de pin
Toute flambante en ta main
Bien heurer ceſte iournee.
Et de tes feux animans
Fauoriſe nos Amans.

A iij

ANTISTROPHE.

MAIS vous pucelles entieres
Faites des vœux & prieres
A ce Dieu Mediateur
Afin qu'en bref il vous donne
Pour amant vne personne
Qui possede vostre cœur.
Ou bien si desia vostre ame
Sent vne amoureuse ardeur
Pour vn aymé seruiteur
Qui vous consacre sa flame
A Hymen faites vos vœux,
Il vous marira tous deux.
La blesseure d'Amathonte
Ne fait que vous esmouuoir,
Et par vne triste honte
Les palles couleurs auoir.
Mais d'Hymen la torche sainte
Vous fera baiser sans crainte.
Les brandons du Cyprien
N'ont ny force ny puissance
De parfaire vne alliance
Hymen, aupres du feu tien.

La charge t'en est donnee
Hymen io, hyménee.

EPODE.

VIens donc proxenete Dieu
Fauoriser en ce lieu
L'vnion que tu as faicte,
Et par vn nœud Gordien
Serre à iamais le lien
De Charles & d'Henriette.
Faicts qu'vn aimable printemps
En toute saison leur donne
Malgré l'iniure du temps
De Myrthes vne couronne
Dont la force tous les ans
Leur produise des enfans.
Puisse ainsi vostre ieunesse
Dans les plaisirs s'escouler.
Amans adieu ie vous laisse
L'aurore vient m'appeller
Pour commencer la iournee
Hymen io, hyménee.

ANAGRAMMES.

Charles de Lorreine.
Cher lien de la roſe.

Le lien qui vous ſerre eſt de roſe & de lys,
C'eſt vn lien choiſi des cheueux de Philis,
Dont la beauté reſſẽble à la fleur my decloſe
Ses yeux, ſon teint de roſe où l'amour eſt
ſans prix
Vous pẽſans attraper eux meſme ſe ſõt pris
C'eſt pourquoy ie vous dis, Cher lien de la
roſe.

Catherine Henriette de Bourbon.
Dieu bon cherit en terre ta bonté.

Princeſſe la bonté qui reſide en voſtre ame
Faict que Dieu vous cherit deſſus toute au-
tre Dame,
Il vous ordonne en terre vn loyer merité,
Voſtre vertu luy plaiſt voſtre cœur luyagrée
En vos proſperitez ſa faueur s'eſt monſtrée,
Ainſi Dieu bon cherit en terre ta bõté.

Charles de Lorreine, Catherine Hen-
rietre de Bourbon.
Cest' alliance heritiere de bonheur
honnore la terre.

Ceste belle vnion nous promet vn bonheur,
Les Monarques plus grands en reçoiuent
  honneur,
Le ciel de toutes parts ses tresors luy deserre
Pour la fauoriser le temps s'est adoucy,
Peuple esiouyssez vous, ceste alliance icy
hōnore (de bonheur heritiere) la terre

I N.